AF603132

JEAN
LE HARGNEUX

(Imprimé en couleurs)

JEAN

PAR

LORENTZ FRŒLICH

TEXTE

PAR P. J. STAHL

16 gravures imprimées en couleurs

Chromotypographie de G. Silbermann

BIBLIOTHÈQUE
DU MAGASIN D'ÉDUCATION ET DE RÉCRÉATION
J. HETZEL, 18, RUE JACOB
PARIS

1869

STRASBOURG, TYPOGRAPHIE DE G. SILBERMANN

JEAN LE HARGNEUX

LA CHAMBRE DE Mr JEAN

Monsieur Jean s'est mal levé, il s'est habillé tout de travers, il s'est peigné comme avec un clou, il n'a pas voulu se débarbouiller. Monsieur Jean est de très-méchante humeur. Sa maman veut qu'il mette de l'ordre dans ses affaires, et voilà comment il les a arrangées : Sa bottine est sur son lit, sa brosse à cheveux est par terre, ses chaises ont les pieds en l'air, tous est sens dessus dessous. Jean est taquin, Jean n'aime pas les autres, il est mécontent de tout et n'a pas le droit d'être content de lui-même.

LES PIGEONS FONT LEUR TOILETTE

Puisque Monsieur Jean n'a pas fait sa toilette, il ne lui plaît pas que les autres fassent la leur. Les pigeons n'ont pas besoin d'être plus propres que lui. Les bons pigeons prenaient leur petit bain du matin dans de l'eau bien fraîche, ils étaient contents et bien raisonnables. Monsieur Jean ne peut pas souffrir ça. Monsieur Jean médite un mauvais coup.

JEAN LE HARGNEUX

LE BAIN RENVERSÉ

Quand Monsieur Jean pense à mal faire, c'est tout de suite fait. Voilà le bain des pauvres pigeons renversé, voilà les pauvres pigeons tout effarés, dispersés! C'est bien drôle ce qu'a fait là Monsieur Jean! Je lui conseille de rire. Si j'étais derrière lui, je sais bien qui lui tirerait les oreilles. Quelle mauvaise figure il a Monsieur Jean, quand il a fait une méchanceté. C'est un contentement qui rend toujours laid que celui qui est causé par le mal des autres.

JEAN LE HARGNEUX

LES PIGEONS NE REVIENDRONT PAS

Monsieur Jean est attrapé, le voilà tout seul. Les pigeons sont à l'abri de ses mauvais tours. Il leur jette du grain pour les faire revenir, mais les pigeons ne sont pas si bêtes, ils ne reviendront plus. Ils se méfient de Monsieur Jean et ils ont raison. Les bêtes connaissent bien leurs ennemis, et Monsieur Jean ne fera pas croire maintenant aux pigeons qu'il est, pour de bon, leur ami.

Mr MINET FAISAIT SA TOILETTE

Monsieur Jean cherche une nouvelle victime. Il croit qu'il l'a trouvée. Monsieur Minet est un animal très-soigneux, lui aussi fait sa toilette tous les matins. N'est-ce pas comme s'il disait que Monsieur Jean aurait bien dû mieux faire la sienne? Monsieur Jean s'approche de monsieur Minet tout doucement, son pied est levé, qu'est-ce qu'il va faire?

RIRA BIEN, QUI RIRA LE DERNIER

Ah! le mauvais garçon! ah! le méchant enfant! Le pauvre Minet a eu bien du mal, et le cruel Monsieur Jean est enchanté du succès de son coup de pied. C'est le plus beau qu'il ait jamais donné. Monsieur Minet s'est presque envolé comme les pigeons. Monsieur Jean trouve que monsieur Minet est très-drôle quand il voltige comme cela dans les airs.

Mr MINET N'EST PAS UN PIGEON

Monsieur Jean a fini de rire. Ce n'est plus drôle. Monsieur Minet n'est pas un pigeon. Quand on le caresse, il fait ron-ron, mais quand on lui fait du mal, il se rebiffe. Les coups de griffe à travers la figure paient les coups de pied reçus ailleurs. Monsieur Jean maintenant y regardera à deux fois avant de s'attaquer à monsieur Minet.

LE BON TURC AVAIT SOIF

Monsieur Jean a eu très-peur pour ses yeux, mais il n'est pas corrigé. Il respectera les chats, c'est sûr, mais les chiens sont de si bonnes bêtes qu'on peut les tourmenter impunément. Monsieur Jean, armé d'une baguette bien pointue, a inventé un nouveau divertissement pour lui, un supplice nouveau pour un autre. Turc a soif; chaque fois qu'il approche de son eau pour boire, Monsieur Jean trouve très-amusant de lui piquer le museau avec la pointe de sa baguette.

SECONDE PEUR DE MONSIEUR JEAN

Turc l'a d'abord laissé faire. Il est si fort Turc, il peut être patient. A la fin pourtant il se fâche et se jette sur Monsieur Jean. Monsieur Jean, du coup, s'est cru dévoré. Sans la chaîne qui le retient, Turc n'aurait fait qu'une bouchée du méchant garnement, et tout le monde eût été vengé. Quelle belle peur il a, Monsieur Jean! Décidément le métier de méchant n'est déjà pas si amusant!

DEUX VILAINES FIGURES

Cependant Monsieur Jean, voyant qu'il en est quitte pour la peur, poursuit le cours de ses exploits. Ce sont deux vilaines figures que celles de Monsieur Jean et de la grande, grande bête qu'il menace d'une pierre. L'adversaire de Monsieur Jean n'a pas l'air commode. A la place de Monsieur Jean, je réfléchirais avant de l'attaquer.

UNE FAMEUSE LEÇON!!

Il est trop tard, Monsieur Jean n'a pas réfléchi, mais justice est faite. Monsieur Jean le hargneux saura désormais que décidément les coups de pierre ne sont pas du goût des cochons (nous sommes bien obligés d'appeler les gens par leur nom). Celui-ci s'est fâché tout de bon, et il l'a témoigné à Monsieur Jean de façon à ce qu'il n'en puisse douter. Je ne peux pas donner tort au cochon. Quel que soit le résultat de l'engagement de maître Jean avec son adversaire, il l'a bien mérité. Si le duel a tourné contre lui, c'est bien fait et personne ne le plaindra.

Mr JEAN A MAL QUELQUE PART

L'animal, heureusement, ne poursuit pas sa victoire. M. Jean a battu en retraite; mais il n'avait pas pu exécuter la manœuvre aussi vite qu'il le désirait. Monsieur Jean est blessé, comme on dit, dans ce qu'il a de plus *chair*, et il est aisé de voir qu'il ne lui est pas facile de précipiter ses mouvements.

LE PANSEMENT A ÉTÉ DOULOUREUX

Maître Jean est obligé de garder la chambre, maître Jean ne demanderait pas mieux que de s'asseoir, mais... mais... le pansement a été très-douloureux. Monsieur Jean en a pour quinze jours au moins. On dit que c'est en très-mauvais état, très-gonflé;... — Espérons que cette fois Monsieur Jean aura le temps de réfléchir sérieusement et que la leçon lui profitera.

MÉTAMORPHOSE MIRACULEUSE

Monsieur le cochon (il faut être poli avec tout le monde) a fait une cure miraculeuse. Cela prouve bien que tout le monde sert dans la nature ; grâce à la leçon de son dernier professeur, Monsieur Jean n'est plus le même. Au moral et au physique, quel changement ! Voyez déjà avec quel soin Monsieur Jean se débarbouille !

Mr JEAN FAIT SA RAIE!!!

Et voyez aussi comme il se peigne! C'est admirable; on compterait ses cheveux. Dame! sa brosse n'est plus par terre! Quoi! Monsieur Jean se regarde dans son miroir. Un peu plus, je croirais qu'il pense à faire sa raie tout seul. Ma foi, tant mieux! quand un petit garçon se met à avoir du soin et de l'ordre pour sa personne, c'est que ses idées aussi commencent à se ranger.

JEAN N'EST PLUS RECONNAISSABLE

Monsieur Jean n'est plus reconnaissable. Ce joli petit garçon si propret qui va se mettre, sans que personne le lui dise, à sa table de travail, est-ce bien cet affreux petit Monsieur Jean le hargneux, que bêtes et gens détestaient si justement? Oui! c'est lui-même, changé enfin et transformé.

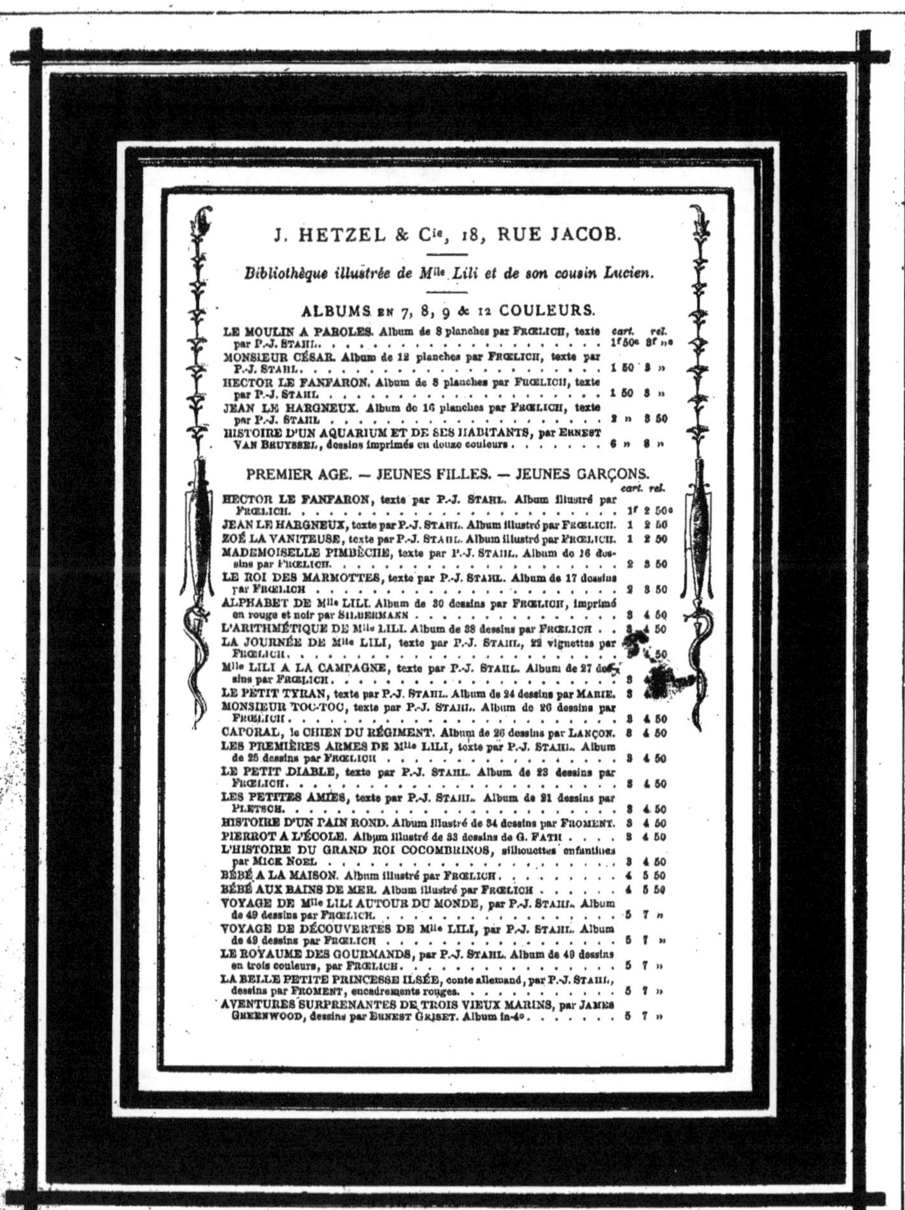

J. HETZEL & Cie, 18, RUE JACOB.

Bibliothèque illustrée de Mlle Lili et de son cousin Lucien.

ALBUMS EN 7, 8, 9 & 12 COULEURS.

	cart.	rel.
LE MOULIN A PAROLES. Album de 8 planches par FRŒLICH, texte par P.-J. STAHL.	1f 50c	3f »c
MONSIEUR CÉSAR. Album de 12 planches par FRŒLICH, texte par P.-J. STAHL.	1 50	3 »
HECTOR LE FANFARON. Album de 8 planches par FRŒLICH, texte par P.-J. STAHL	1 50	3 »
JEAN LE HARGNEUX. Album de 16 planches par FRŒLICH, texte par P.-J. STAHL	2 »	3 50
HISTOIRE D'UN AQUARIUM ET DE SES HABITANTS, par ERNEST VAN BRUYSSEL, dessins imprimés en douze couleurs	6 »	8 »

PREMIER AGE. — JEUNES FILLES. — JEUNES GARÇONS.

	cart.	rel.
HECTOR LE FANFARON, texte par P.-J. STAHL. Album illustré par FRŒLICH.	1f	2 50c
JEAN LE HARGNEUX, texte par P.-J. STAHL. Album illustré par FRŒLICH.	1	2 50
ZOÉ LA VANITEUSE, texte par P.-J. STAHL. Album illustré par FRŒLICH.	1	2 50
MADEMOISELLE PIMBÈCHE, texte par P.-J. STAHL. Album de 16 dessins par FRŒLICH.	2	3 50
LE ROI DES MARMOTTES, texte par P.-J. STAHL. Album de 17 dessins par FRŒLICH	2	3 50
ALPHABET DE Mlle LILI. Album de 30 dessins par FRŒLICH, imprimé en rouge et noir par SILBERMANN	3	4 50
L'ARITHMÉTIQUE DE Mlle LILI. Album de 38 dessins par FRŒLICH	3	4 50
LA JOURNÉE DE Mlle LILI, texte par P.-J. STAHL, 22 vignettes par FRŒLICH.	[illegible]	4 50
Mlle LILI A LA CAMPAGNE, texte par P.-J. STAHL. Album de 27 dessins par FRŒLICH.	3	[illegible]
LE PETIT TYRAN, texte par P.-J. STAHL. Album de 24 dessins par MARIE.	3	[illegible]
MONSIEUR TOC-TOC, texte par P.-J. STAHL. Album de 20 dessins par FRŒLICH.	3	4 50
CAPORAL, le CHIEN DU RÉGIMENT. Album de 26 dessins par LANÇON.	3	4 50
LES PREMIÈRES ARMES DE Mlle LILI, texte par P.-J. STAHL. Album de 25 dessins par FRŒLICH	3	4 50
LE PETIT DIABLE, texte par P.-J. STAHL. Album de 23 dessins par FRŒLICH.	3	4 50
LES PETITES AMIES, texte par P.-J. STAHL. Album de 21 dessins par PLETSCH.	3	4 50
HISTOIRE D'UN PAIN ROND. Album illustré de 34 dessins par FROMENT.	3	4 50
PIERROT A L'ÉCOLE. Album illustré de 33 dessins de G. FATH	3	4 50
L'HISTOIRE DU GRAND ROI COCOMBRINOS, silhouettes enfantines par MICK NOEL	3	4 50
BÉBÉ A LA MAISON. Album illustré par FRŒLICH.	4	5 50
BÉBÉ AUX BAINS DE MER. Album illustré par FRŒLICH	4	5 50
VOYAGE DE Mlle LILI AUTOUR DU MONDE, par P.-J. STAHL. Album de 49 dessins par FRŒLICH.	5	7 »
VOYAGE DE DÉCOUVERTES DE Mlle LILI, par P.-J. STAHL. Album de 49 dessins par FRŒLICH	5	7 »
LE ROYAUME DES GOURMANDS, par P.-J. STAHL. Album de 49 dessins en trois couleurs, par FRŒLICH.	5	7 »
LA BELLE PETITE PRINCESSE ILSÉE, conte allemand, par P.-J. STAHL, dessins par FROMENT, encadrements rouges.	5	7 »
AVENTURES SURPRENANTES DE TROIS VIEUX MARINS, par JAMES GREENWOOD, dessins par ERNEST GRISET. Album in-4o.	5	7 »

STRASBOURG, TYPOGRAPHIE DE G. SILBERMANN.

www.ingramcontent.com/pod-product-compliance
Ingram Content Group UK Ltd.
Pitfield, Milton Keynes, MK11 3LW, UK
UKHW022002260726
13994UKWH00004B/1916

9 782329 493114